美术教室

线描（人物）

才志舜

万卷出版公司

图书在版编目（CIP）数据

线描. 人物/才志舜著. —2版. —沈阳：万卷出版公司，2010.2

(美术教室. 儿童美术专业培训教材丛书）

ISBN 978-7-5470-0621-4

Ⅰ.线… Ⅱ.才… Ⅲ.人物画—白描—技法（美术）—儿童教育—教材 Ⅳ.J212.1

中国版本图书馆CIP数据核字（2010）第003509号

出版发行：北方联合出版传媒（集团）股份有限公司
万卷出版公司
地　址：沈阳市和平区十一纬路29号 邮编：110003
印 刷 者：辽宁省印刷技术研究所
经 销 者：全国新华书店
幅面尺寸：210mm × 260mm
字　数：80千字
印　张：5
出版时间：2010年2月第2版
印刷时间：2010年2月第1次印刷
责任编辑：冯顺利
封面设计：范思越
版式设计：范思越　徐春迎
责任校对：李守勤

ISBN 978-7-5470-0621-4
定　价：16.00元
联系电话：024-23284442 23285256
邮购热线：024-23284386 23285256
传　真：024-23284448
E-mail：vpc@mail.lnpgc.com.cn
网　址：http://www.chinavpc.com

前言

儿童美术教育是审美教育的基础，而审美教育又是素质教育不可缺少的重要内容。要提高全民族的素质教育水平，必须从儿童的审美教育抓起，这已经成为近年来全社会的共识。

每个孩子都具有绘画潜质，拥有创造和表现的欲望，要通过绘画的形式实现对儿童的素质教育，启迪他们的创造力和想象力，关键在于认真研究儿童的生理、心理特点和认识规律，注意观察发现他们的个性和特性，从而加以正确的启发和引导，才能取得预期的效果。

才志舜老师总结十多年儿童画教学的经验，编绘的这套儿童画教材，就是认真研究和长期实践的结晶。这套教材中的范画是他从多年儿童画研究、探索、实践中精心遴选出来的。教材中的学生作业，均出自他辅导的学生之手，天真可爱、生动感人。在画面上，纯洁的童心与纯真的浪漫、无拘束的想象力、独特潇洒的表现，都淋漓尽致地在充满欢悦的创作过程中实现了，令人惊叹不已。

最近，我有幸被沈阳儿童活动中心聘为艺术顾问，参评几位教师的公开课，亲眼目睹了才志舜老师《球场上的运动员》一课的教学全过程，深受启发。他首先给学生播放自己精心剪辑的世界杯足球赛录像，激发学生对足球的浓厚兴趣，进而在启发式的问答中引导学生深化理解和记忆，再以自己制作的教具，帮助和鼓励学生大胆想象、勇敢参与创作，最后，全部课程内容在对学生作品的点评中达到了高潮。可见，一堂成功的公开课要融进老师多少心血，这里需要的是对孩子们的热心、耐心、专心，对审美教育的高度责任心，同时还需要老师的新理念、新创作、新的教学方法。才志舜老师的儿童画教学正是体现了这样的特点。

这套教程也是如此。它以提供范画、步骤、资料、讲评为基础，引导、帮助学生进行创作，给儿童留下拓展想象力的空间，尽情发挥他们的创造力。课题编排从简到繁，从浅入深、由初级到高级，科学、合理、可行，易于学生及家长学习和借鉴。

在此谨向作者和所有把青春和爱心献给儿童美术教育事业的辛勤园丁表示崇高的敬意！祝愿你们在新世纪把祖国的儿童美术教育推向更高水平。

李泽浩 教授

鲁迅美术学院原美术教育系主任

中国高等院校美术教育研究会理事长

中国美术家协会会员、国务院有突出贡献专家政府津贴获得者

目录

第一课　创意花脸

创意变形的脸是同学们学习绘画的重要一课。画创意变形脸可以拓展我们的想象空间，开阔我们的视野，这就需要我们进行大胆的联想，以前学过的内容都可以画在脸上。

教学目的：培养创意联想能力及运用图案和各种景象来创作头像的组合能力。

教学方法：复习过去学过的内容，学习运用图案来表现五官及头饰、服饰。引导学生学会对造型相似的物体进行大胆联想。

作业要求：头像、五官、服饰都要运用各种形体和图案去完成。

步骤图

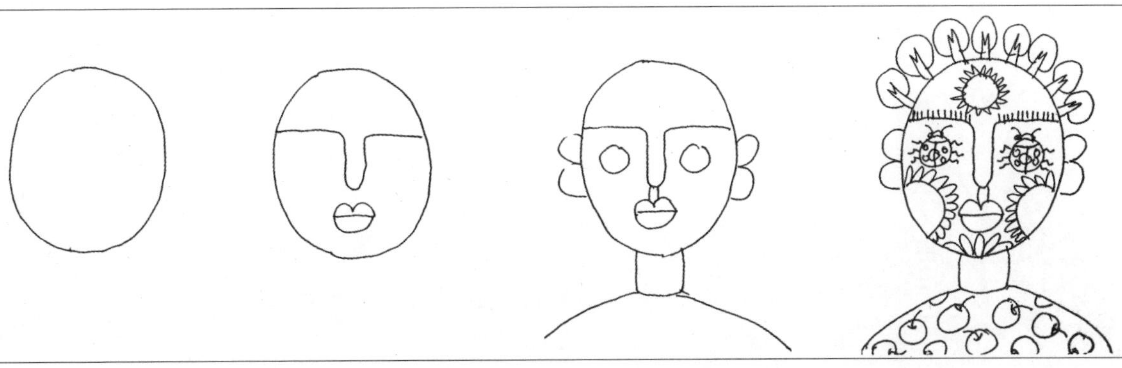

资料

学生作品

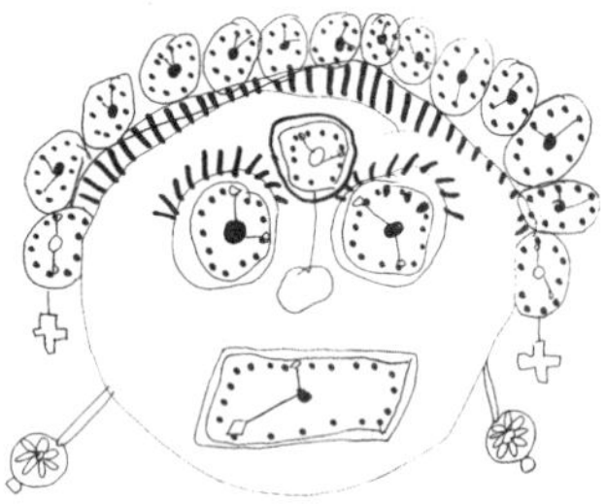

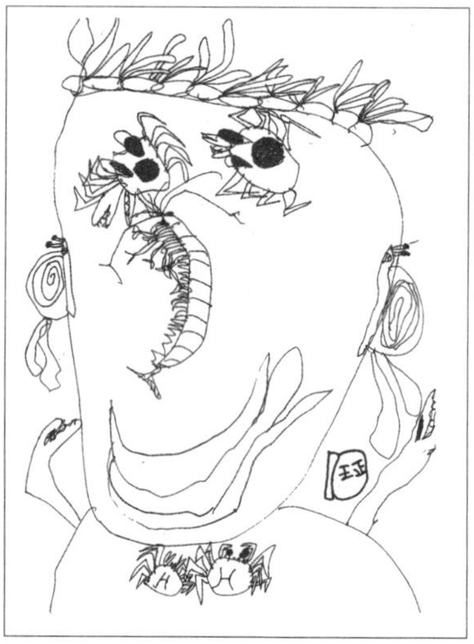

提 示

树和草可以变化成头发，圆形的内容可以当做眼睛，依此类推，运用不同的图形可以完成丰富的创意头像，如资料为球类头像的创意。

第二课　鬼脸

我们在童话故事、西游记和动画片中都能看到反面人物。如美女与野兽中的王子、西游记中的牛魔王等。在上节课基础上，这节课我们把脸的形象创意成鬼脸。同学们可以大胆地设想，把动植物等能表现出鬼脸的内容画下来。

提　示

与花脸相反的是鬼脸。范画中的鬼脸头上长了犄角，头发是珊瑚变化来的，动物的耳朵、鼻子、嘴和树干的身体，是个十足的鬼脸。

学生作品

学生作品

1.这些作品充分体现了同学们的想象能力，把蛇画满了头部，脸上再画点黑斑，可真够吓人的！

2. 房屋当成身体，鼻子变换成蜘蛛，这都是同学们即兴创作的。

第三课　鱼脸的组合

运用鱼的形体来完成一幅创意变形脸的作品，这是个很有趣的题材，需要我们有很好的组织能力和创造能力。

教学目的：这是一堂巩固练习课，学习运用鱼的形体变化出人物头像的五官及头饰，培养学生的组织与创造能力。

教学方法：练习鱼形及相关图案在头像中的运用和变化，要求表现出美的韵律。

作业要求：以鱼及相关内容为主，完成一幅鱼脸的组合。

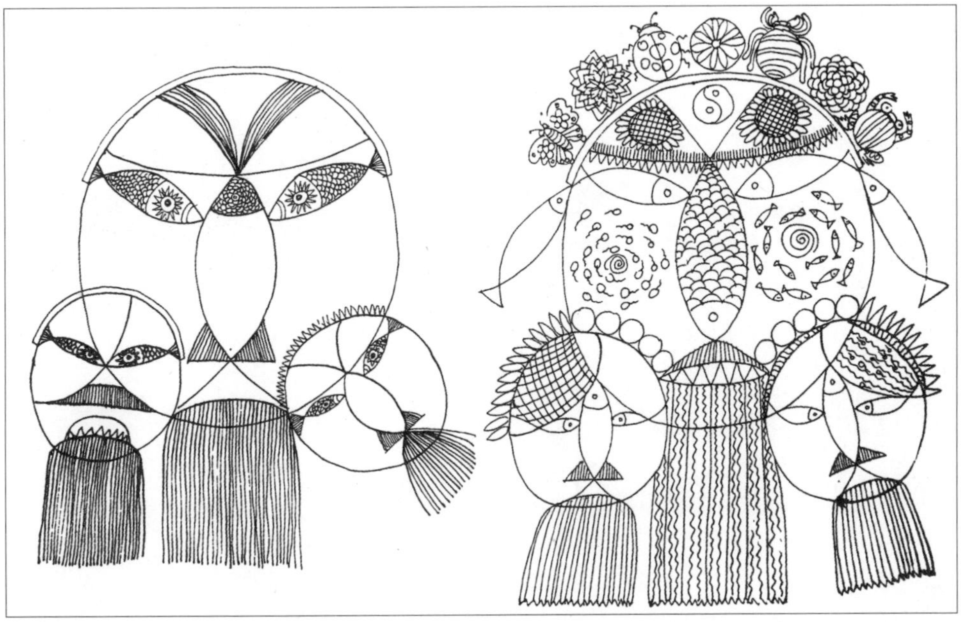

提　示

运用各种鱼、花、水草、蝌蚪的形体来组成画面，图案花纹的内容要有规律性的变化，还可以打破范画的模式，创作出有新意的“鱼脸”。

步骤图

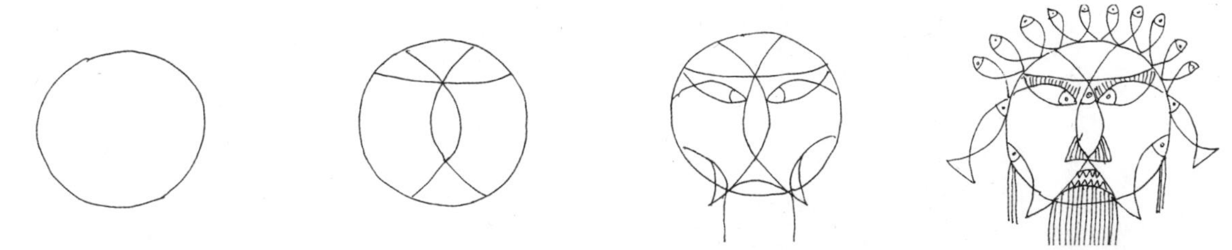

资料分析

学生作品

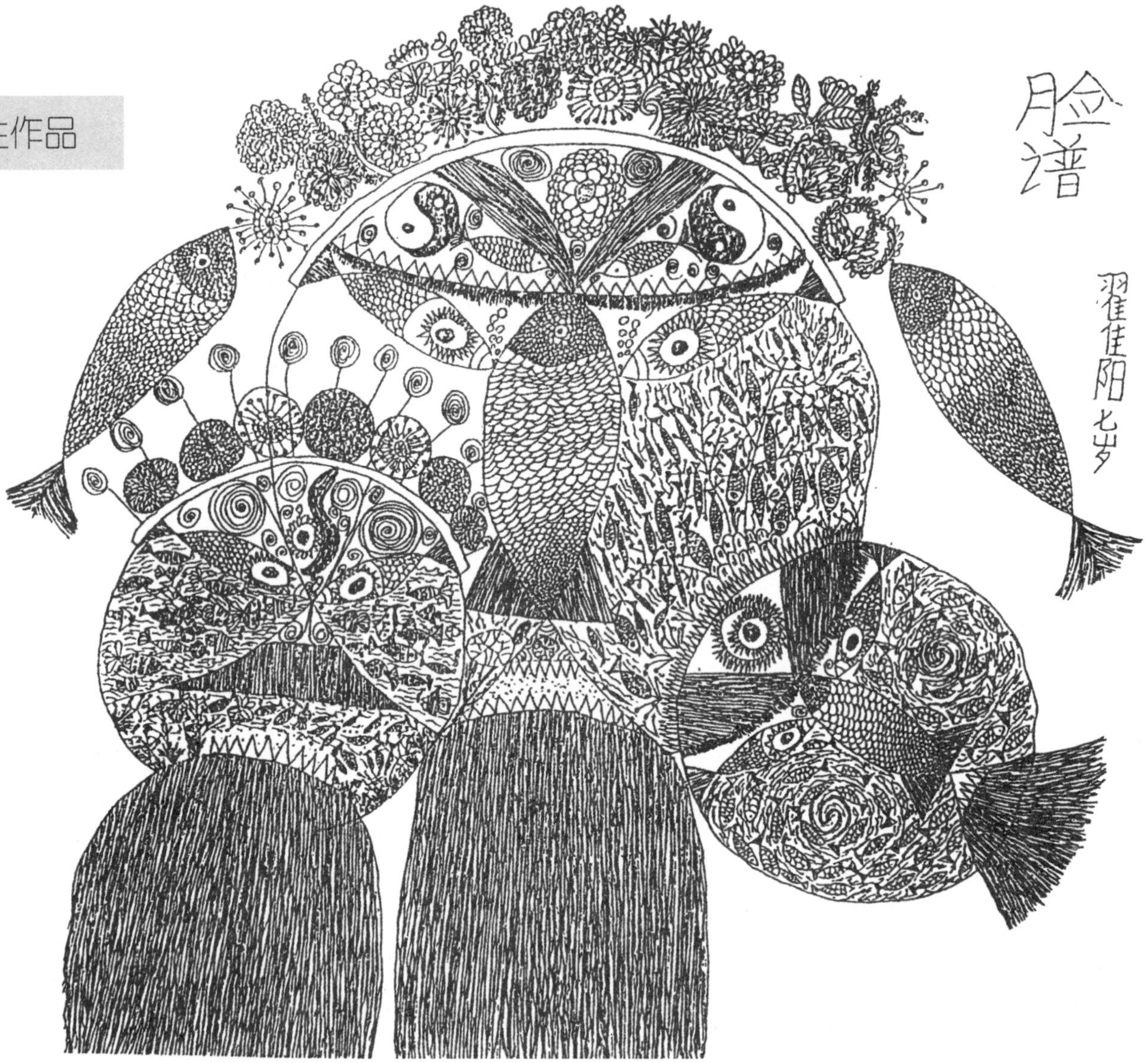

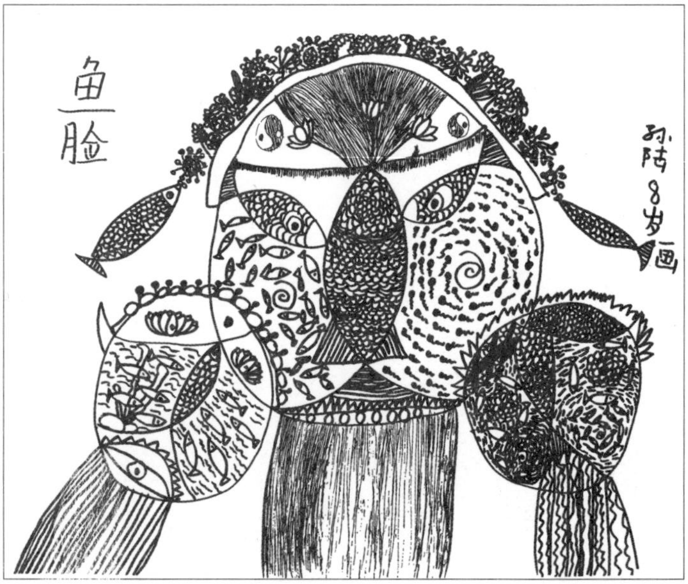

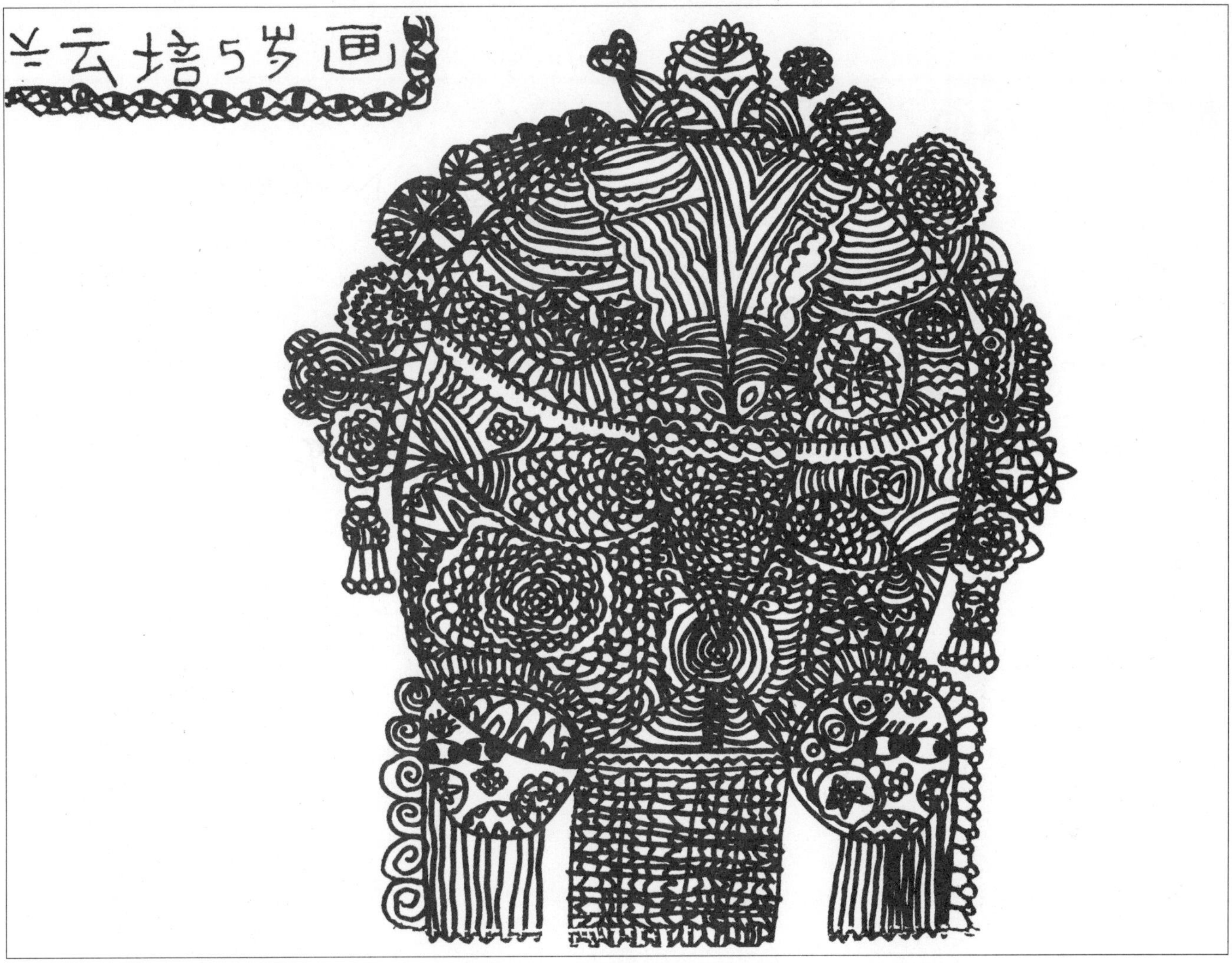

这两幅作品脸上的鱼表现得不是很清楚，但是很有韵律的线条和独特的创意，是同学们要学习的。

第四课 双面人、多面人、侧面人

所谓“双面人”，就是一个头上画两个面孔。画双面人也是培养我们敢于幻想、创造与常规不同作品的能力。在双面人的基础上，多加几个面孔就成了多面人，侧脸多面人就是把侧面的人物头像变化成几个面孔。

教学目的： 1.拓展想象的空间，运用抽象思维方法来表现画面。

2.运用发散思维，从多方位、多角度去认识与表现多面人。

教学方法： 通过一个头像，来表现几个人物的不同特征，如人物的年龄、性别、头饰、服饰等。

作业要求： 参考范画，结合自己的设想完成一幅多面人。

步骤图

资料分析

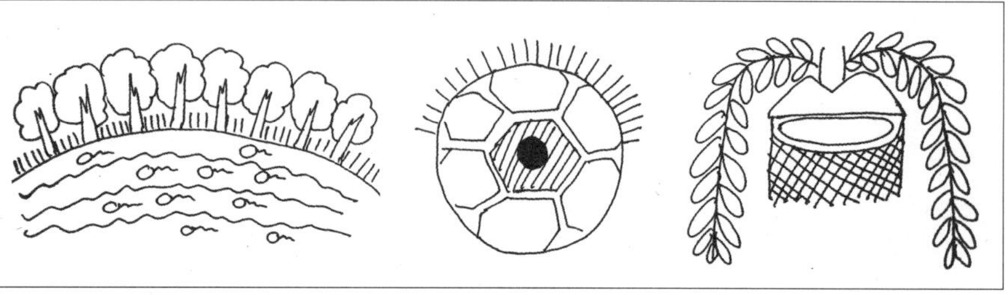

提 示

多面人不分男女老少就有些单调，设想多面人里有爸爸、妈妈、老师、同学就显得丰富多了。只要同学们认为美，形体相似，五官和服饰画什么都可以。

侧面人资料课

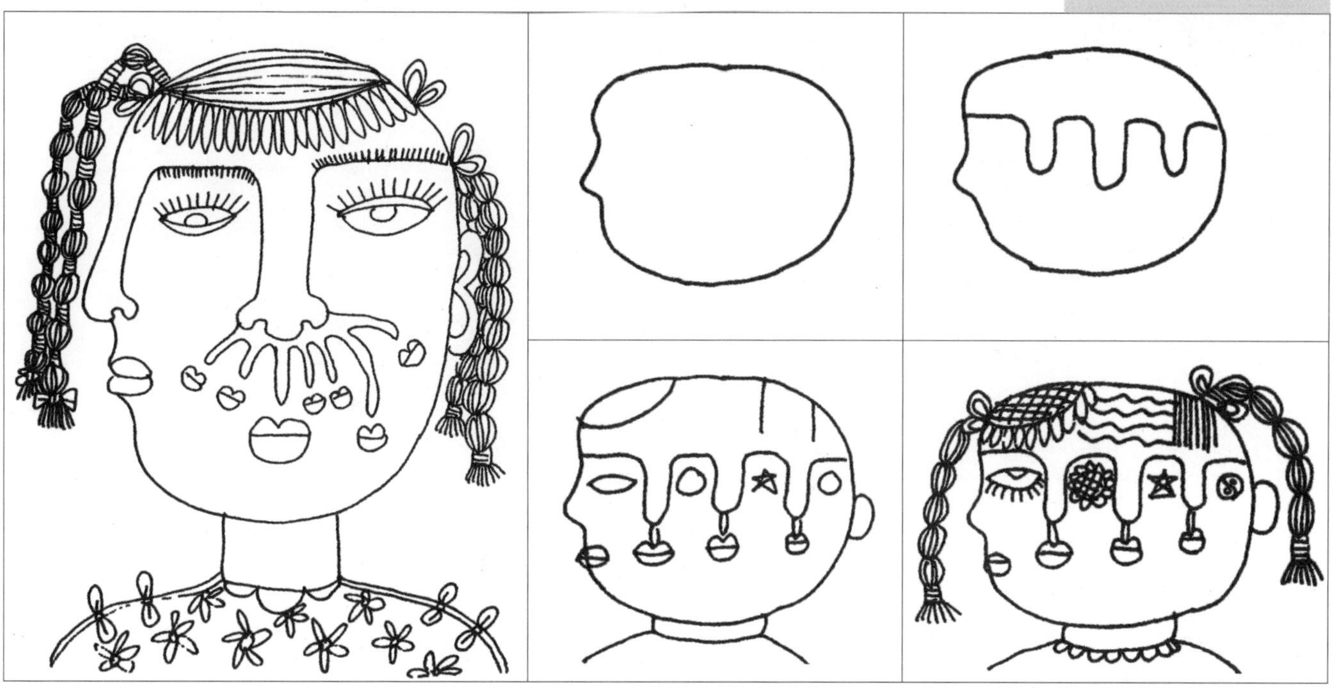

学生作品

学生作品

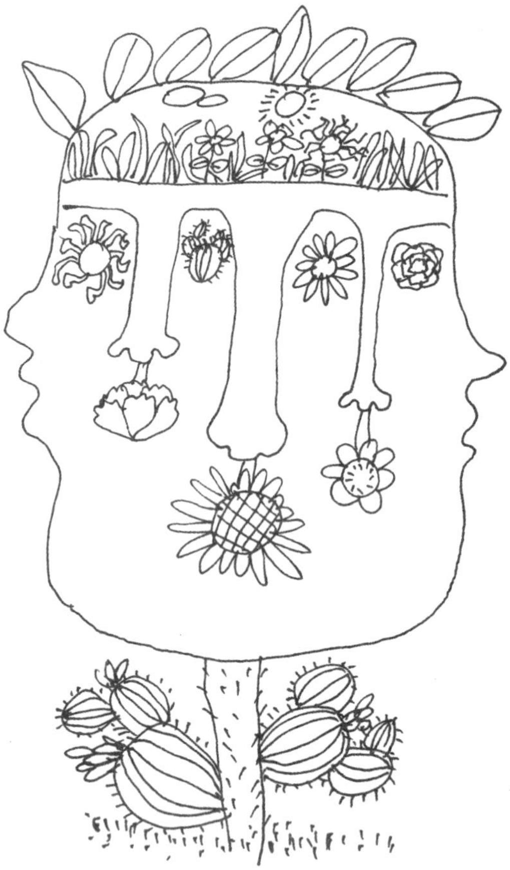

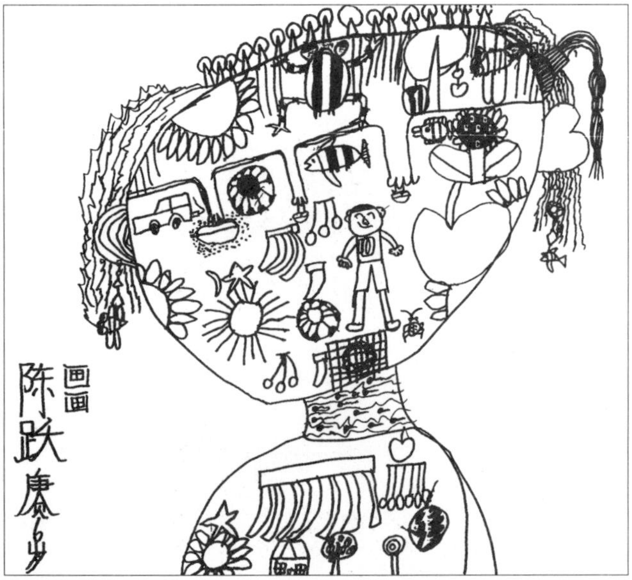

第五课　字母符号组成的头像

以前我们曾学过字母符号的运用。在这节课里，我们要把字母符号进行夸张变形，然后运用在多面人及其他形体的创作上。运用字母符号来装饰画面，可以千变万化，拓展想象力，创作出有艺术魅力和个性的作品。

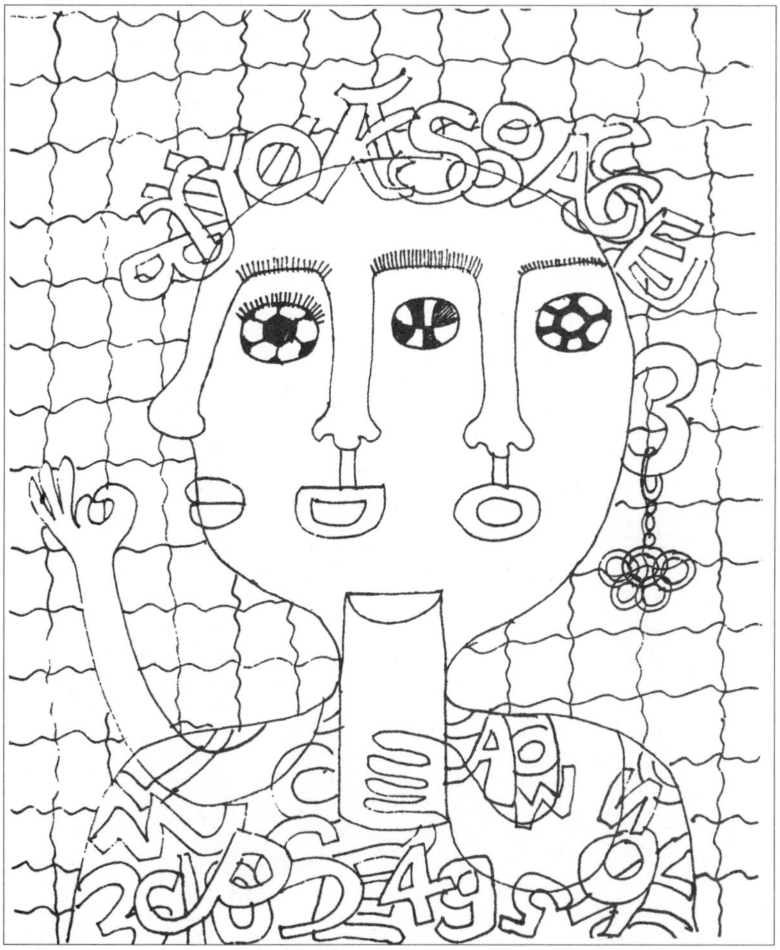

步骤图

学生作品

这些作品画的分别是足球、乒乓球拍、网球拍等变形的人物，作者把符号运用得生动活泼、丰富有趣，他们能熟练地运用符号的重叠组合完成头像，字母和符号的变化很生动，内容也各不相同，这就是脱离开范画的创作。

第六课　葫芦脸谱

脸谱起源于古时传统社火花脸，脸谱图案比较随意，人们戴在脸上，成为民间自娱自乐性的艺术活动。后来民间艺人多在葫芦上画脸谱。京剧脸谱就是通过社火花脸演变而来的。

教学目的：培养儿童了解传统的中国文化的“脸谱”。

教学方法：在特定的葫芦形体上，设计创意脸谱。

作业要求：完成两个面孔的脸谱。

提　示

1.确定了五官之后再创作，注意不要把五官和图案画混乱。

2.同学们还可以尝试着在真实的葫芦上作画。

步骤图

步骤：先画出葫芦的基本形体，再画出眼、鼻和嘴的位置。在五官的基础上再进行创作，画出自己喜欢的图案。

资 料

学生作品

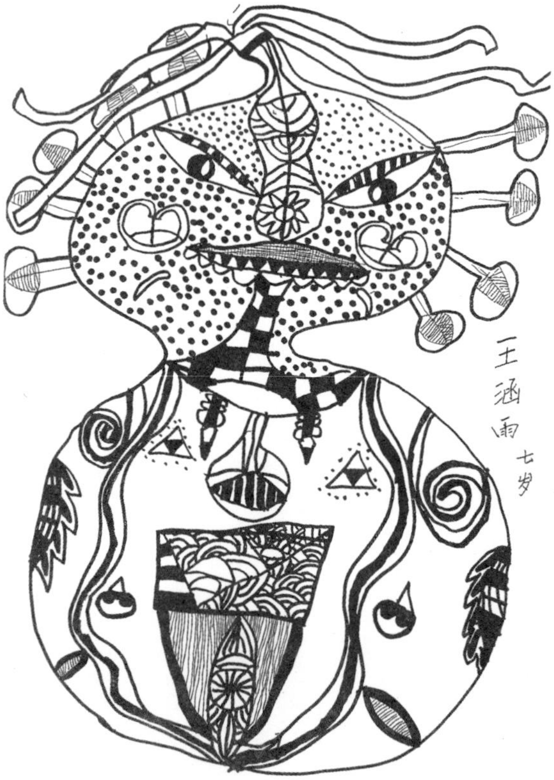

第七课　京剧脸谱

我国的京剧艺术闻名海内外。京剧脸谱的图案有很多，如白脸、黑脸、红脸、花脸、小旦等，不同的人物有各自不同的脸谱造型，这是我们学习脸谱创作的一个很好的题材。如果在脸谱原型的基础上，运用我们学过的字母符号、昆虫、人物、花卉等进行变形夸张，就会大大拓宽思路。

教学目的：这是一堂巩固练习课，继续学习字母、符号的变形在京剧脸谱中的实际运用。

教学方法：参考脸谱原型，运用字母符号来完成创意变形的京剧脸谱。

作业要求：运用各种图案进行变形夸张，画出一幅意想不到的脸谱来。

步骤图

资料

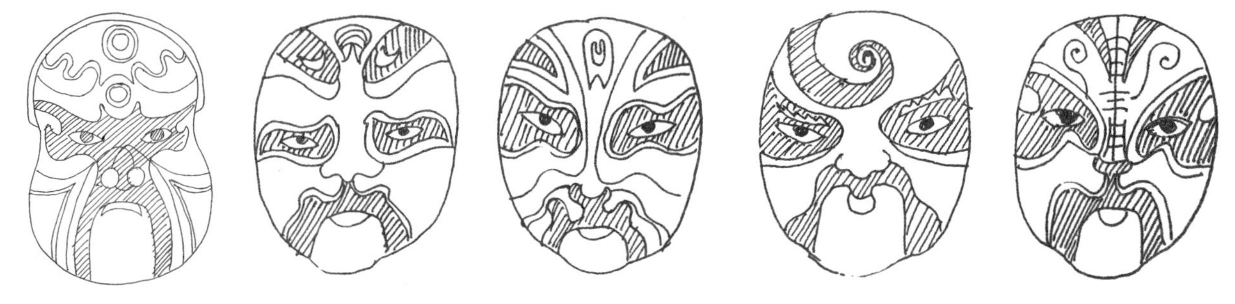

学生作品

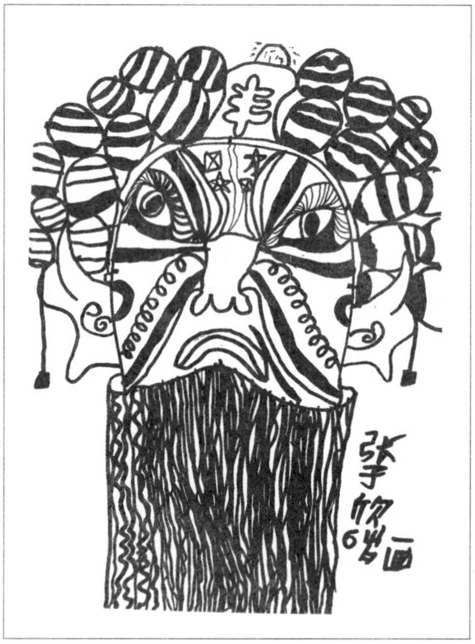

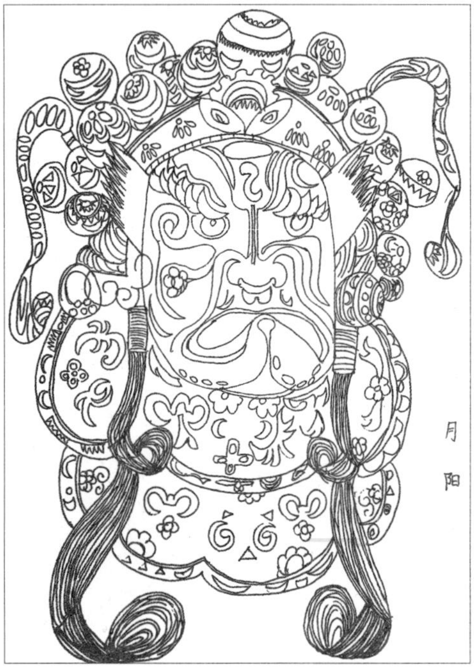

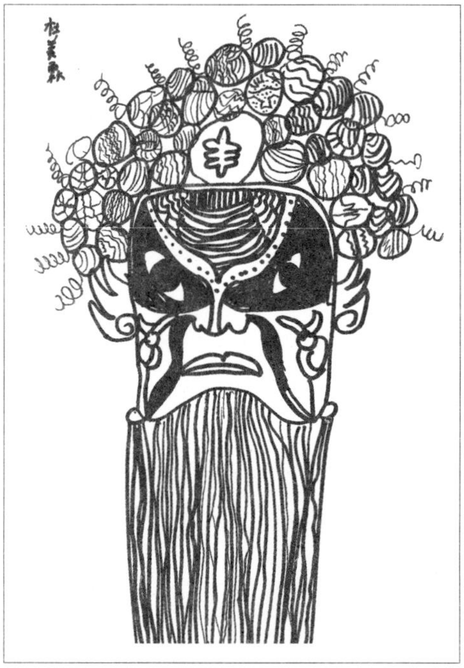

提 示

参考资料进行脸谱的创作，注意要利用点、线、面的结合，营造黑、白、灰效果。

在特定的形体里画脸谱

绘画方法：将特定的形体复印在白纸上，然后在固定的形体上创作。

作业要求：可用多种图案、符号来创作，图案要丰富而有变化。

资料

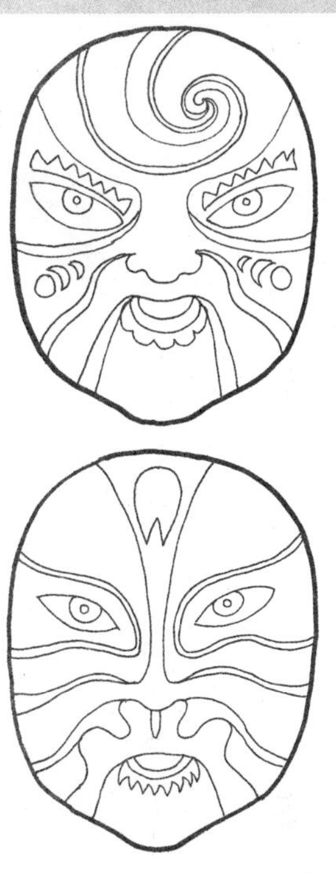

学生作品

字母符号在京剧脸谱里的运用

原型

变化型

把京剧服饰变化成字母、符号等图案是锻炼同学们根据原型创作，变化表现的能力。这就需要同学们多动脑筋才能创作出美的作品。

学生作品

范画资料

学生作品

提 示

在创作中，要参照原型，尽可能地变化出有新意的作品，要灵活运用图案、字母、符号等形式来创作画面。

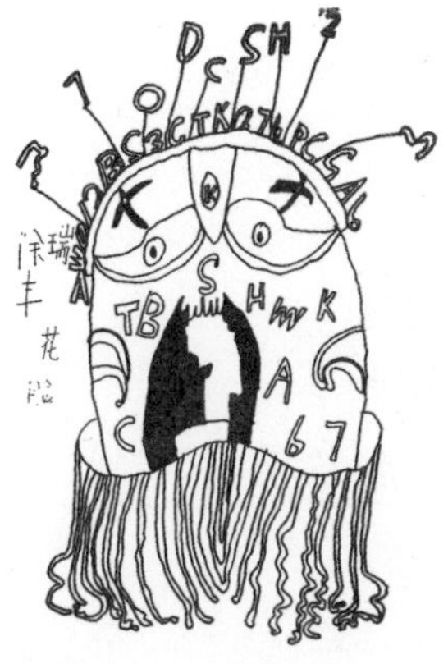

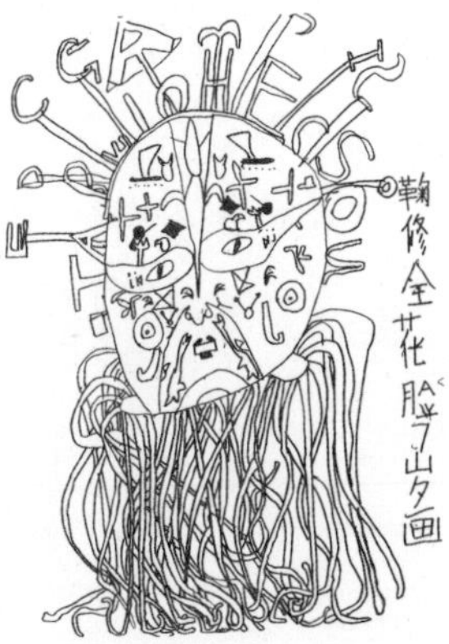

第八课　人物头像——女孩

头像我们最熟悉，天天能看到。初画头像时要先画脸形，然后把眼睛画在脸中间，注意要一样高、一样大；再把鼻子、嘴安排在相应的位置上；画发型时，请你看看其他小朋友，任意选择一个你喜欢的发型，衣领的样式也要参照别人的衣服来画。

教学目的：认识人的不同脸形，男女老少的区别，掌握人的五官位置的安排。

教学方法：先画出人物的脸形，再画出五官的位置、脖子、头饰和衣领，最后深入刻画细节。

作业要求：①照着镜子画一幅自画像。②练习画不同年龄的人物特征，可以画爸爸、妈妈、奶奶等。

步骤图

人物头像资料

学生作品

提 示

人物的脸形千变万化，男女老少各不相同。在画人物的时候，一定要抓住人物的特征。

李元欣 6岁半画

第九课　帅哥

在我们的生活中和电视节目里经常能看到许多穿戴打扮很时髦的帅哥、酷小伙，请同学们注意观察、记忆帅哥的头饰、穿戴，再把他们画在纸上。

帅哥

小丑

学生作品

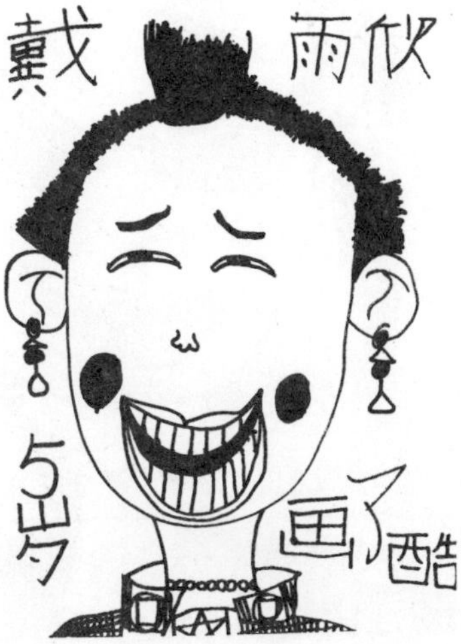

提 示

请同学们观察、记忆流行的服饰打扮，还可以到“发廊”去观察“酷哥”“酷姐”们的装扮，再把他们的特征画出来。

第十课　老奶奶

现代的生活很富裕，老奶奶也爱穿戴打扮。在作画时要注意头发的变化。给老奶奶戴上项链、耳环，穿上漂亮的上衣会是什么样子呢？

学生作品一

提 示

老奶奶的特征应该是额头、眼角有皱纹，总戴个老花镜，请同学们注意观察能表现特征的老奶奶形象。

学生作品

瞧这些老奶奶的头发和眼神多么漂亮和传神。

第十一课　全身人物

人物的动态千变万化，只要掌握好人物的比例，四肢是可以随意变化的。要注意的是，胳膊在肩膀上的位置要准确，手腕要细，鞋的后跟与脚面要有区别。

教学目的：通过学习全身人物的画法，掌握人物的基本比例、动态及服饰的变化。

教学方法：先画出圆形的头，小长方形的脖子，再画大长方形的身体，梯形的裙子及长方形的腿，最后刻画服饰上的图案。

作业要求：1.参考人物资料，画一组有动态、服饰变化的人物。

2.尝试画一些人物写生，再画一幅记忆画。

步骤图

资料

学生作品

儿童记忆自由画

学生作品

儿童记忆自由画

讲 评

作为教育者，既不能做旁观者，看着儿童随意地成长，又不应该专横地使儿童做违背规律的“跳跃”式发展。全身人物画有一定的难度，主要表现在人物的比例比较难把握，不同年龄的儿童在描绘人物时有着很大的差别，这是因为他们的感受理解能力和手脑协调能力存在着差异，要允许这种差异，不能用一种标准来要求孩子。

第十二课　王子与公主

王子与公主在许多童话里都能找到，他们生活在城堡、宫殿里。王子与公主的形象都是美化了的偶像型人物，在一些卡通画里能够看到。但我们不要单纯地去临摹，可以参考借鉴，再把他们变成自己的创作。

教学目的：掌握王子和公主的形象特征，学画人物的美化与夸张，要区别于其他的人物画。

教学方法：先画头和细腰，再画长裙或长腿，最后认真地刻画服饰。

作业要求：参考连环画中的王子与公主，再根据范画、资料进行创作。

提　示

标准的人体比例为身高等于七个头的高度，在画王子与公主的时候，可以把人的身体画得高一些，上身要短，腰部要细，在服饰上同学们可以画得丰富些，多加点项链、珠宝、图案等，但要有一定的规律，城堡也是创作时不可缺少的内容。

步骤图

资料

学生作品

学生作品

学生作品

第十三课　服装设计（漂亮的服装）

人人都爱穿漂亮的服装，这一节课我们来尝试一下由自己设计美丽的服装。

教学目的： 发挥想象，不受限制，大胆创意，画出各种款式和图案的服装。

教学方法： 1.先观察、记忆、想象，再创作。

2.参考范画，画出不同的服装样式和图案。

（一）想象中的服装（服装的各种款式）

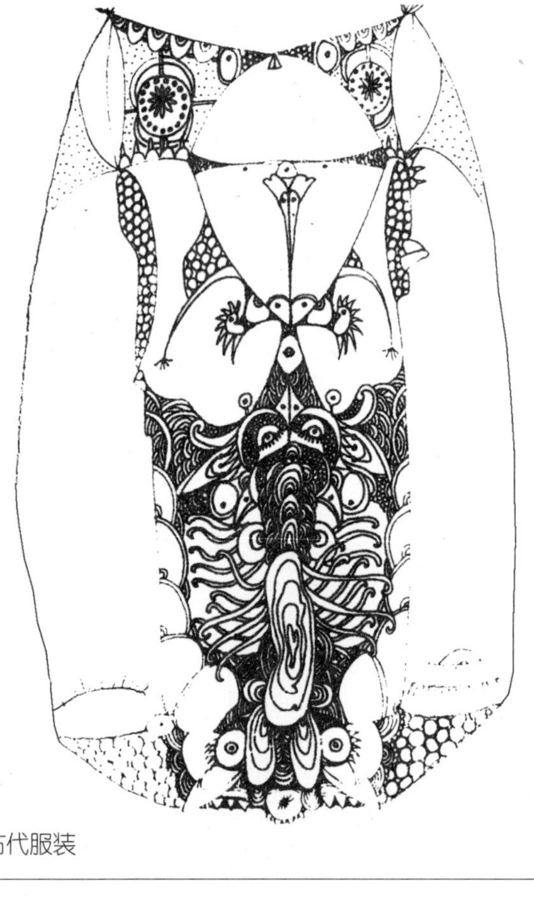

古代服装

提　示

1. 请低年组的儿童参考资料，即兴创作想象中的服装，款式和图案要有变化。

2. 设计服装不是一般的绘画创作，大一点的学生要反复推敲、精心绘制才能完成。服装因四季而变化，图案也要符合服装的款式和面料。如：夏季面料的图案可以画些花、草、鱼等。

学生作品

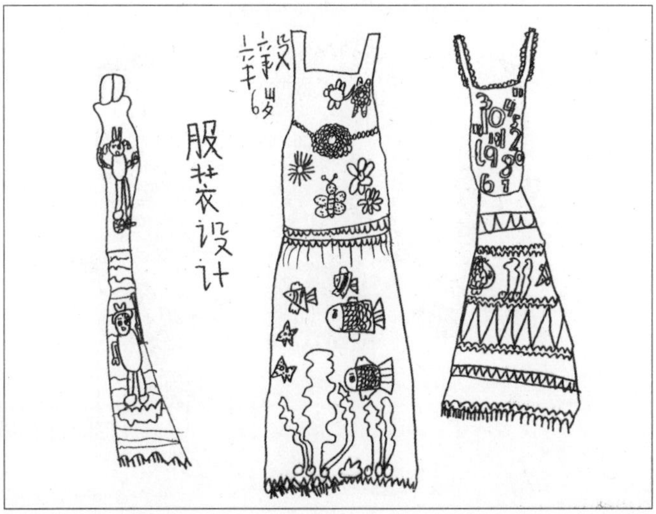

（二）在特定模特身上画的服装

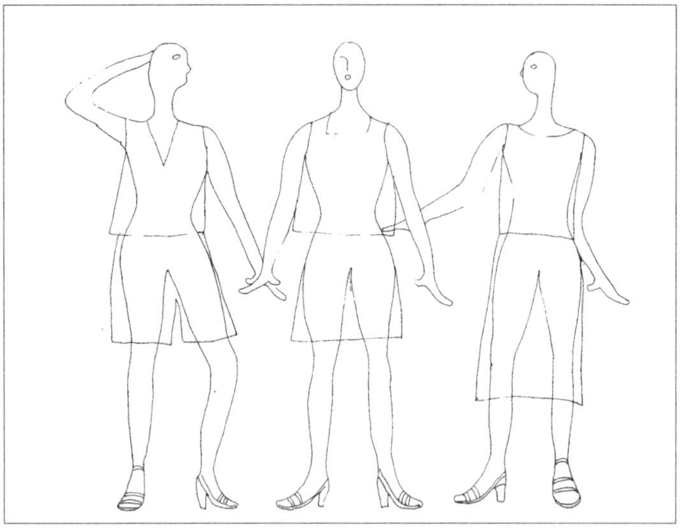

资料

学生作品

学生作品

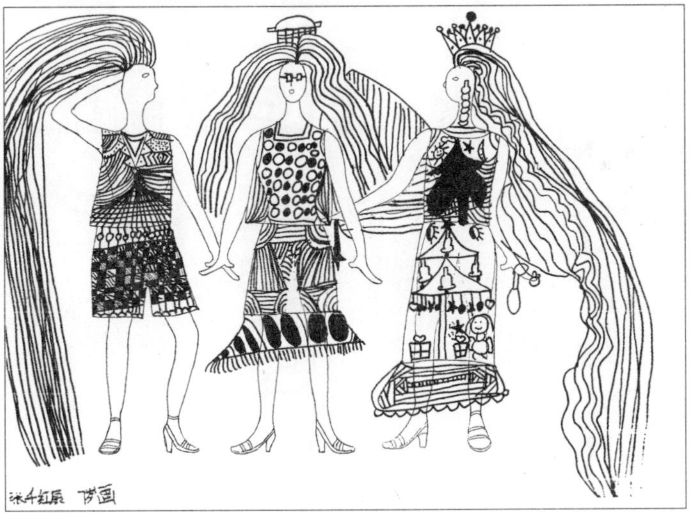

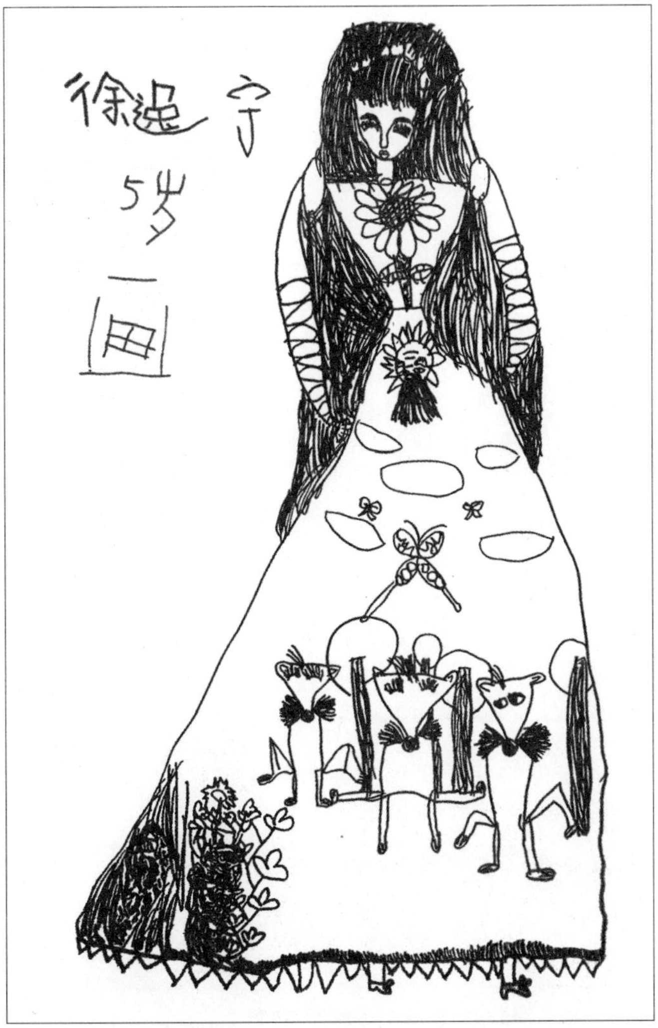

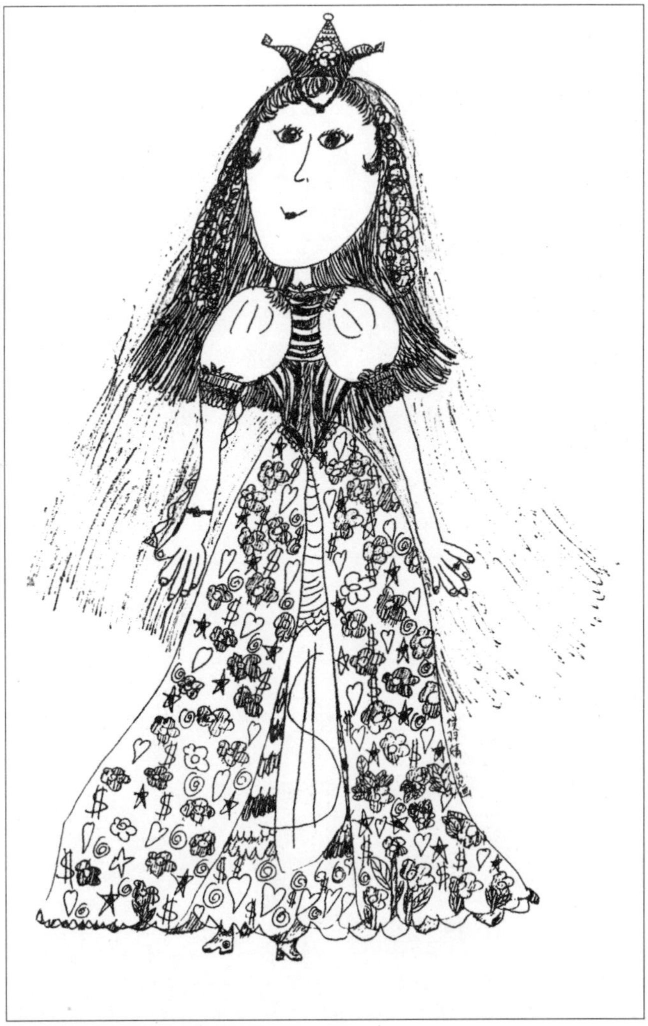

学生作品

图1

图2

图3

图4

图5

图6

上图1、2为7~8岁学生的作品，他们能够深入刻画服装的款式和图案的细节，其余为5岁儿童作品，形体和图案很夸张，在造型能力上与8岁的学生还有区别，所以教师对不同年龄段儿童的作品要有不同的要求和评价标准。

第十四课　足球场上的运动员

运动员就要运动，尤其是在足球场上，运动员的动势和人物的组合是非常丰富的，很适合我们练习画人物和学会处理比较大的集体场面，注意足球运动员的服装特点，他们一般都穿着半袖衣服和短裤头。

教学目的：学习描绘人物的动态。

教学方法：按步骤先画出一名运动员，再画出不同动态的运动员与之相呼应，最后添上球和球门。

作业要求：参考资料，确定构图安排及场面的布置，创作一幅“球场上的运动员”。

步骤图

资料

资料

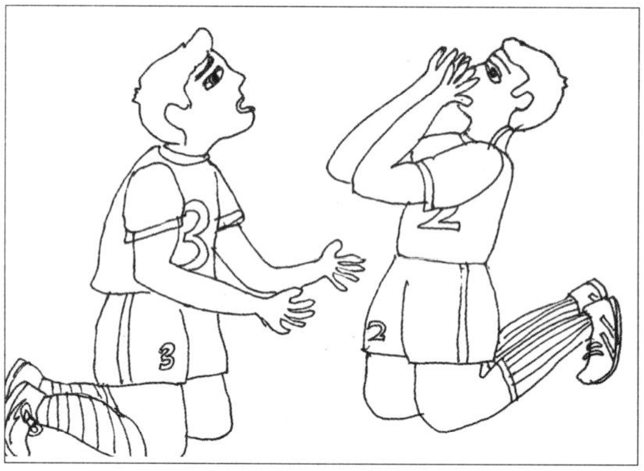

提示

运动员的动态可以随意夸张变化，在创作时，可以把四肢想象成铁丝，能任意弯曲变化，不要怕画错，这样就可以变化出更多动势，为以后合理的动态变化打下基础。

五岁学生作品

学生作品

资 料

在表现较大场面的时候，儿童画里常常会出现一些不同于成人作品的视角和变形，因为孩子弄不懂复杂的空间关系，会根据他们的理解来做一些背离视觉常识的处理，往往只能在二维平面上解决问题。从这个角度来说，这些作品，确实画的是小作者所见到和理解的场面。

学生作品

第十五课　插图、日记画和连环画

插图就是把一段故事里的情节描绘下来，在书籍里装饰、衬托故事的内容；用绘画的方法“写”日记，画面的内容有一定的连续性，这叫日记画；连续多幅的、能说明故事情节的画面叫连环画。现在我们利用这些形式来做绘画的综合训练。

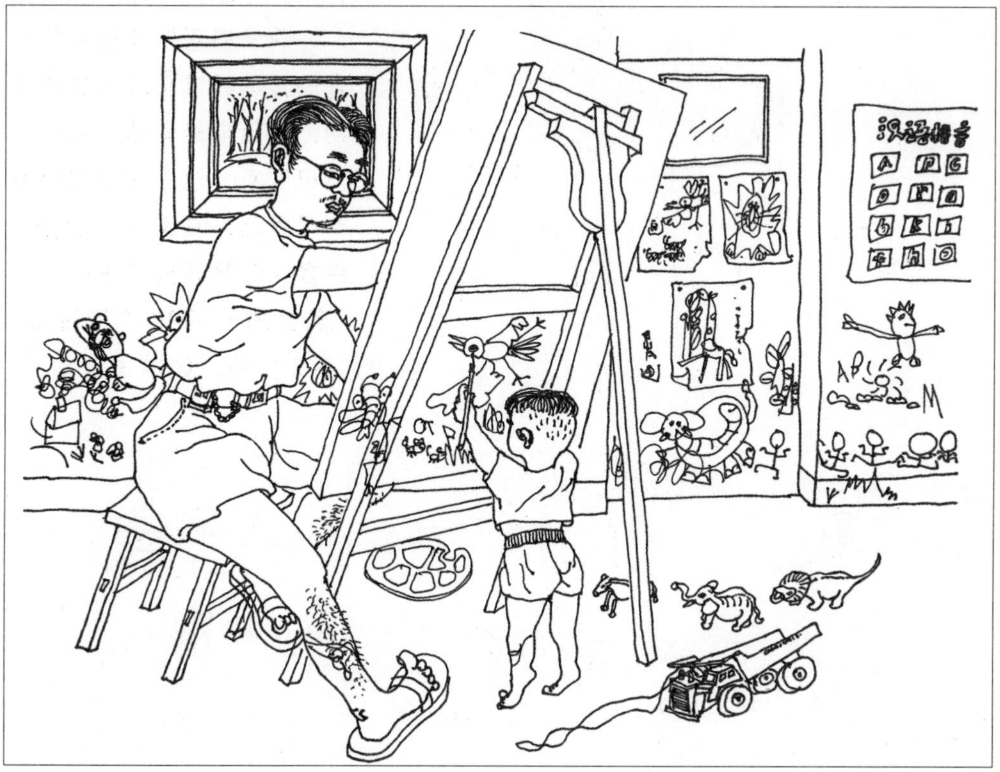

教学目的：培养学生的情节描绘能力和创作能力，连续描绘画面的内容及创作故事的画面主题。

教学方法：先构思画面的前后情节及画面的内容，再进行创作。

作业要求：参考范画《学校》，创作一幅自己较熟悉的日记连环画故事。

资 料

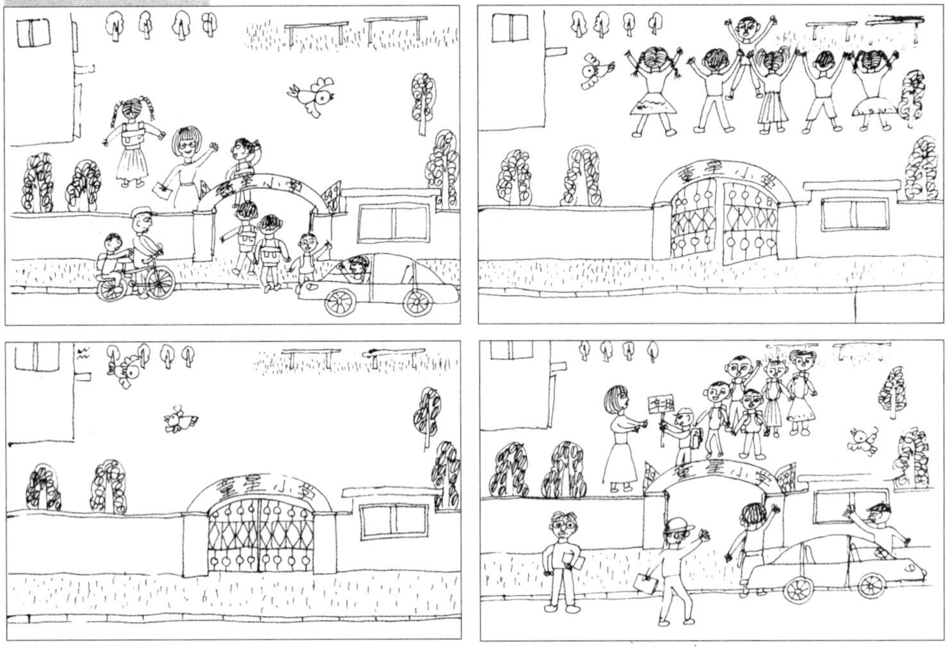

《上 学》

提 示

在同学们的教科书里，每课都会配有一幅或多幅图画，这就是插图。我们可以采用这种形式，在看完一本故事书后，创作与故事情节有关的插图。

同学们还要注意观察在我们身边经常出现的各种事物，然后把能连续描绘的内容记下来，这样在创作时就有了思路。其实在生活中有许多内容等着我们去画，如“家里的一天”“儿童节”“寓言”等，如学生作品。

学生作品

《龟 兔 赛 跑》

《公园里》

《守 株 待 兔》

《美术课》

讲评

在创作连环画和插图时，一定要考虑故事情节的前后呼应、内容的连贯性和故事的中心含义，如资料表现的主题是《学校的一天》，连续内容为上学、做早操、上课、放学；上图《旅游》表现了出发时兴高采烈和旅途归来疲惫的场景。左图是小作者描绘的“铁达尼号”的故事，沉没后悲壮的景象连星星、月亮都为之哭泣、落泪……很富于联想。这些画面都很好地反映了生动有趣的故事情节和孩子们出色的想象力。

第十六课　张飞

思想家孔子、诗人李白等中国古代名人对同学们来说应该很熟悉。《西游记》里的唐僧、孙悟空，《三国演义》里的刘备、关羽、张飞等都是我国传统文化故事里的人物。

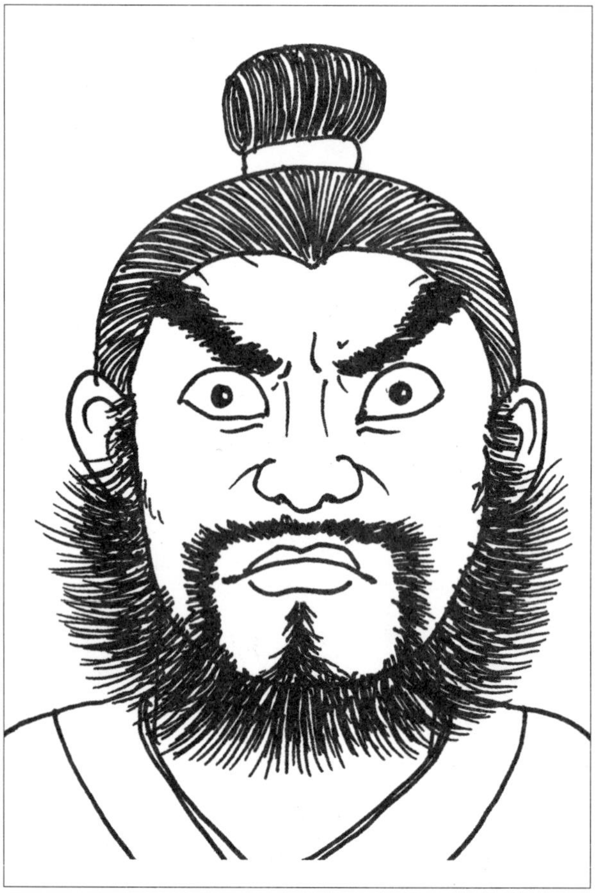

教学目的： 了解中国传统文化，用绘画的形式描绘古代人物，提高造型能力。

教学重点： 认识掌握古代人物的服饰装扮。

教学过程： 先临摹后创作。

武官

文官

步骤图

1.先画圆形的头部，添上耳朵、眼睛。2.画上发饰。3.完成五官和头发。

学生作品

提 示

1.在描绘张飞形象时要注意浓眉、圆眼的愤怒表情和大胡须的人物特征。

2.同学们要多临摹些自己喜欢的古代连环画人物，画多了也就默记下来了，再进行组合创作就会得心应手。

第十七课　关羽

关羽，字云长，是中国古代三国时期的忠义将军，他的形象特征是长脸、凤眼、浓眉、直鼻、方口、长胡须。在京剧脸谱中属红脸。

提 示

注意把握住五官特征，同学们要学会把复杂的范画概括成简单方法进行作画，如步骤图，先画椭圆的头部，再画头饰和领口，然后画出整体头像的主要结构，最后深入细节完成画面。

步骤图

学生作品

这几幅学生作品在造型上虽然不很准确，但每幅都生动地表现了关羽的头饰及盔甲等特征，还配有自己独立创作的图案，这就是一堂成功的课例。

第十八课　吕布

吕布，字奉先，是“三国”里的英雄，他勇敢、好胜、谋略少，属于公子形象。著名的三英战吕布的故事，就是刘、关、张大战吕布。

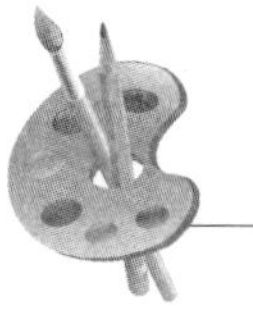

提　示

1. 学会表现人物的表情，如紧皱眉头是愤怒的表情。

2. 注意头饰的变化和头发线条的结构走向。

3. 头饰和盔甲可以适当地创作。

步骤图

学生作品

注意观察这些作品的头饰、盔甲和眼神表情，都不相同，这就是小朋友们作品的个性所在，也是没有完全照范画临摹的结果。

第十九课　大将军

这两幅范画是中国古代传说中的门神“秦琼”和“敬德”，穿戴的盔甲是古代将军的形象。画将军的盔甲有一定的难度，只要掌握了主要结构，就可以自由发挥创作了。

门神秦琼

门神敬德

步骤图

学生作品

这些作品的头饰、盔甲全部是同学们自己创作的。从盔甲的结构到图案，既完整又统一，不但深入刻画了细节，又有许多新的创意。

资料课

将军的组合练习

《满城尽带黄金甲》电影上映后，同学们更喜爱穿盔甲的将军形象了，下页的几幅作品就是同学们在课堂上即兴创作完成的。

满头尽带黄金甲

满头尽带黄甲

郑安 6岁
满身尽黄金甲

满身都是黄金甲
洪鹏
7岁

第二十课　秦·兵马俑

秦始皇的兵马俑闻名国内外。秦朝时军人服饰与各个朝代都不相同，在作画时要注意服饰装扮的特征。在这节课里没设步骤图，请同学们尝试着自己找步骤方法，完成作业。

学生作品

学生作品

古代人物资料

右侧上图为古代儿童的头饰和装扮，在年画中我们会经常看到，又称“福娃”“童子”。下图为唐代的宫廷仕女，她们的装扮同学们是否很熟悉？现在日本、朝鲜的民族服装就延续了我国唐代的传统文化。

第二十一课　帝王的形象

中国历代皇帝因为都很富有，所以胖人居多，穿戴的服饰也很华丽。他们当中有开创江山的明君，也有懒惰的昏君。请同学们画一幅你心目中的皇帝。

秦始皇

努尔哈赤

步骤图

步骤图

学生作品

第二十二课　如来佛祖

西游记里的如来佛祖是我们都熟悉的。他的形象温和、慈善、大耳、直鼻、方口、凤眼、满头云卷发是他的特征。他神通广大，连孙悟空都跑不出他的手掌心。

步骤图

学生作品

第二十三课　弥勒佛

“大腹能容天下事”“笑口弥勒”是弥勒佛的写照。他的形象是双耳垂肩，胖圆脸，开怀大笑，从来没有愁事。这种形象是我们学习画人物微笑表情的一个很好的题材。

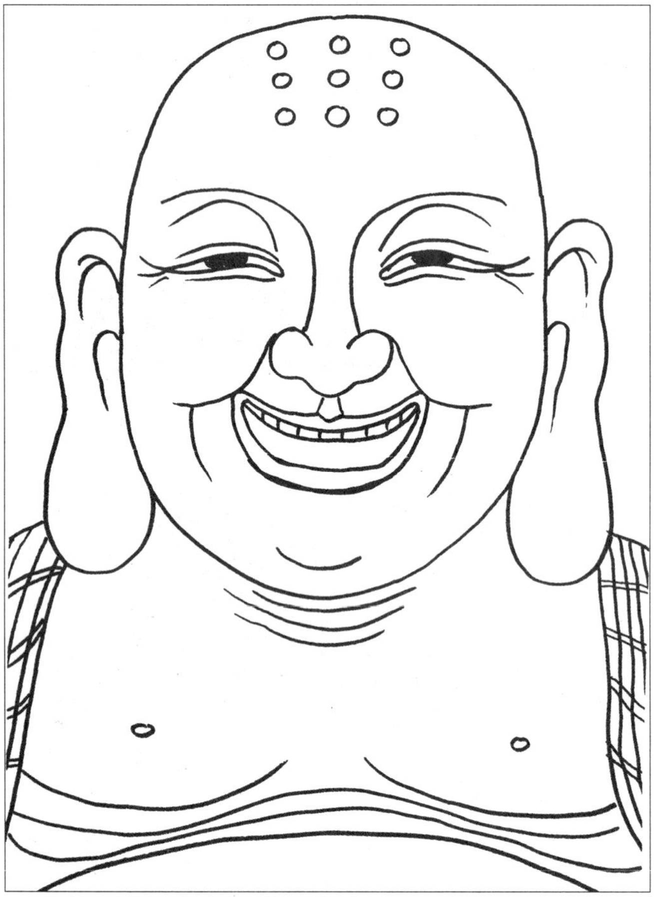

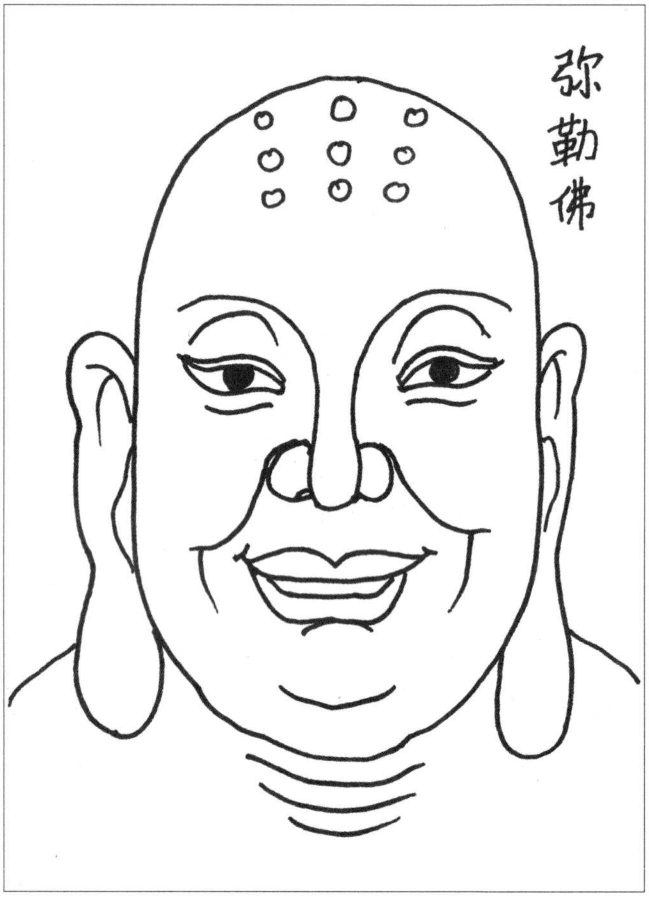

步骤图

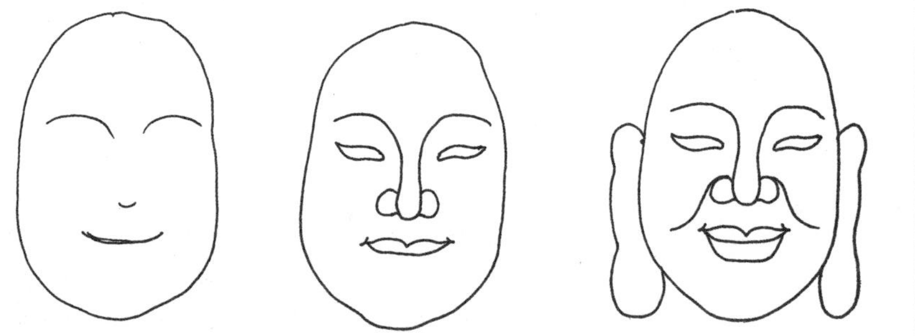

相关练习：《弥勒佛坐姿像》这幅全身像有一定的难度，看看老师对学生作品的要求和范画，你们也可以尝试着画一画。

学生作品

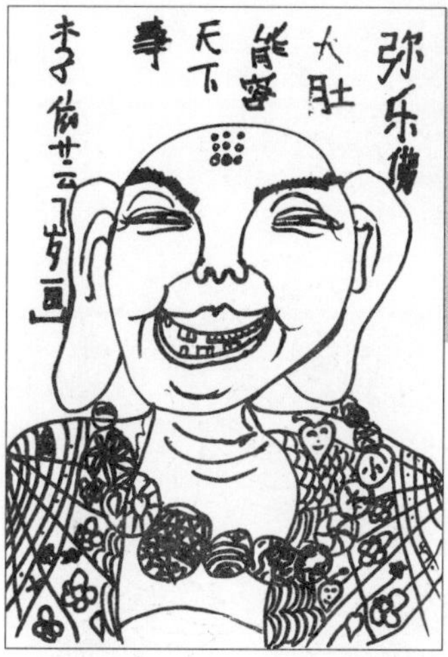

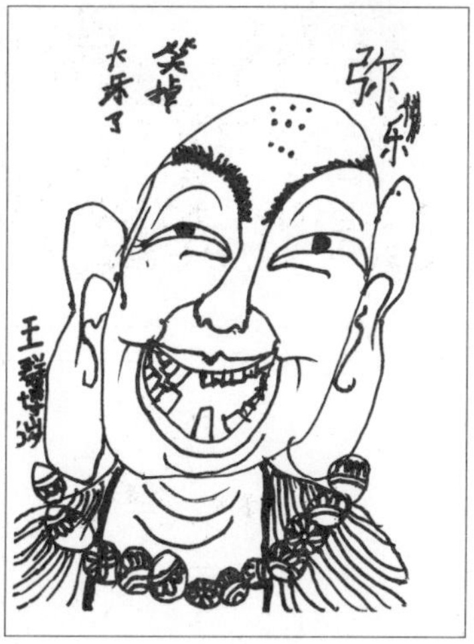

资料课

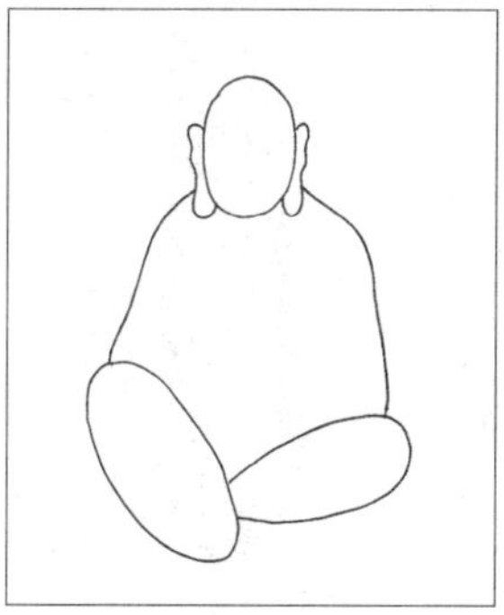

这些作品描绘得非常精彩。有的同学创作出了“笑掉大牙”的弥勒佛，还有的写上了“弥乐佛”，这都是同学们的创意之作。

学生作品

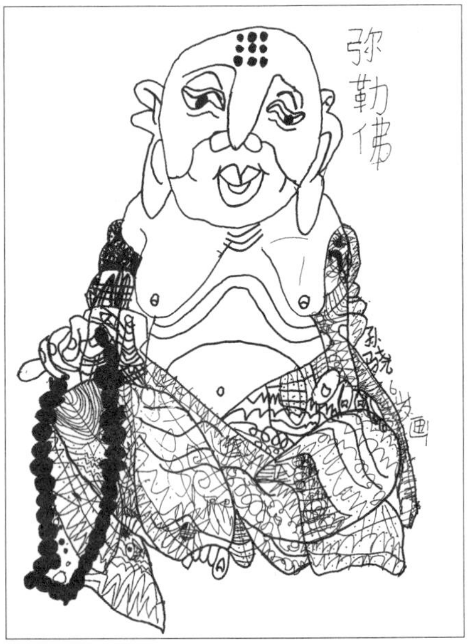

全身坐姿有很大的难度，这些作品是学生在课堂上跟着老师的步骤画下来的，人物的服装图案是同学们自由发挥创作的。

第二十四课　美猴王

《西游记》里的孙悟空是我们小朋友最喜欢的人物了。猴脸、雷公嘴，头戴金箍是他的形象特征。范画左图为取经途中的形象，右图为美猴王的形象。

学生作品

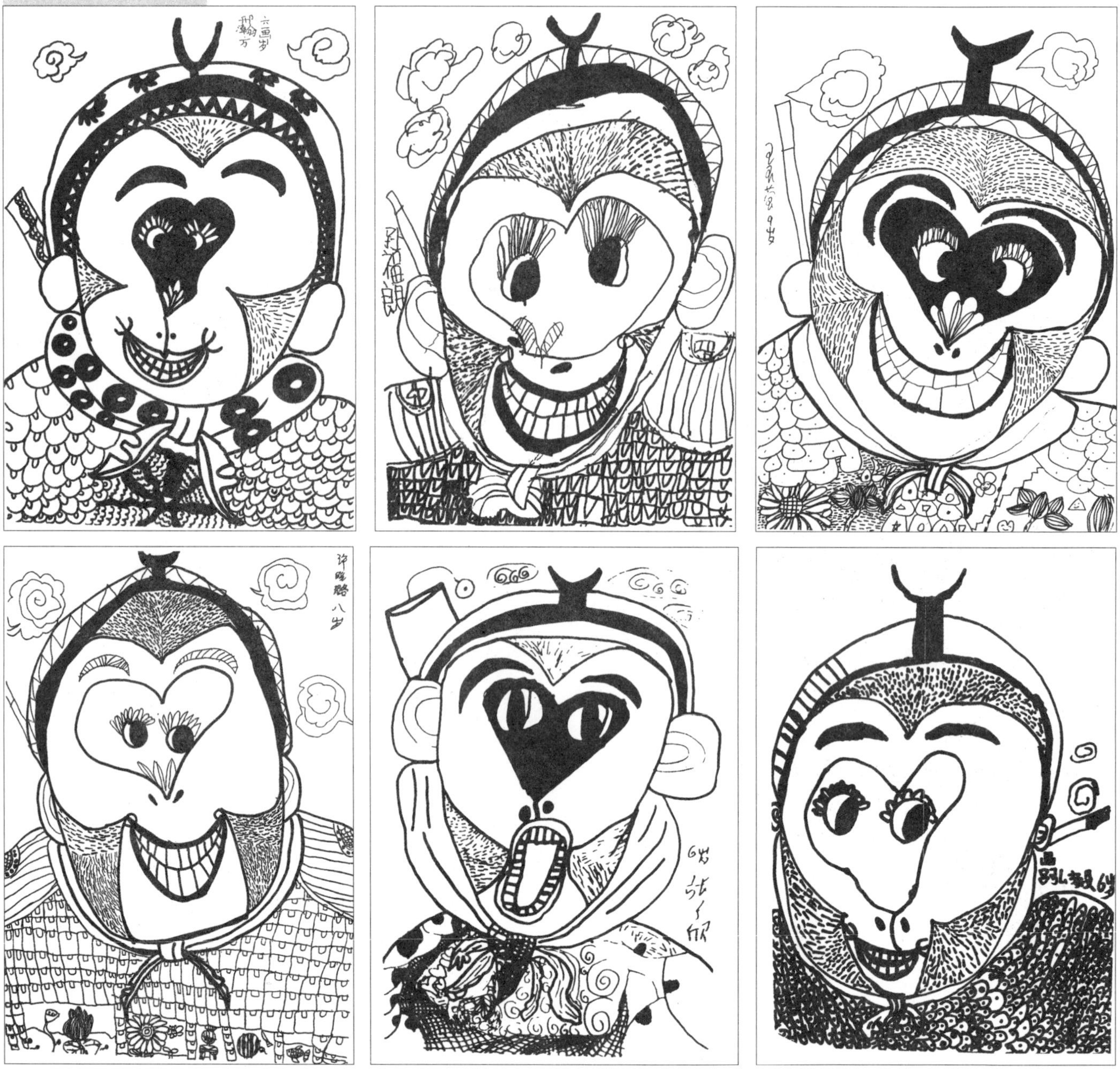

提 示

1.学会抓住孙悟空的形象特征，再进行创作。

2.在“水帘洞”时是猴群中的大王，在取经途中是唐僧的徒弟。

3.观察两个时期的装扮有何区别。

第二十五课　齐天大圣孙悟空

“齐天大圣大闹天宫”“孙悟空大战妖魔鬼怪”都是同学们很喜欢的题材。这节课我们就要大胆想象，创作齐天大圣的故事。

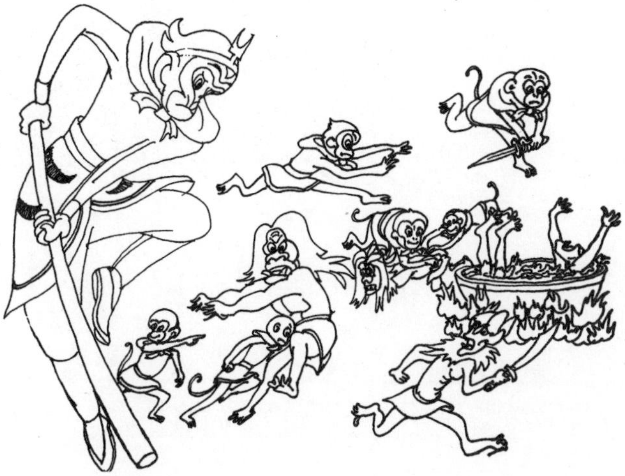

提　示

参考资料，大胆想象，即兴创作，学会借鉴学生作品。如可以把现代的武器枪支运用到画面里。

学生作品

资 料

学生作品

在创作时，可以临摹一些主要的内容和形象，然后再根据自己的设想创作一些与内容相关的画面。右图的作品就是一个很好的例子。

第二十六课　临摹连环画再创作

同学们可以多临摹“小人书”里的古代人物，画些自己喜欢的人物，从中能得到许多知识和乐趣。然后再背着画出自己编绘的故事。

文官步骤图

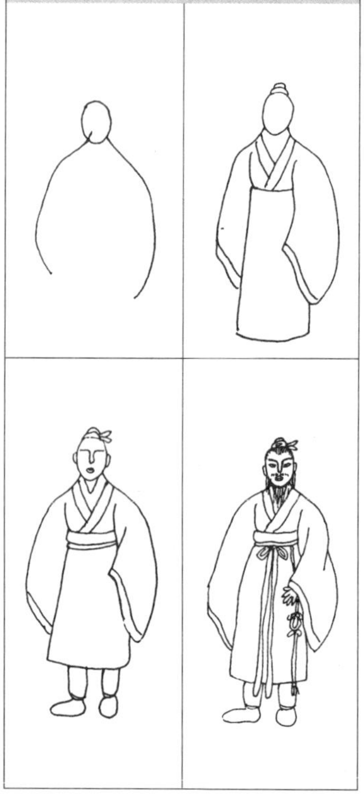

武官步骤图

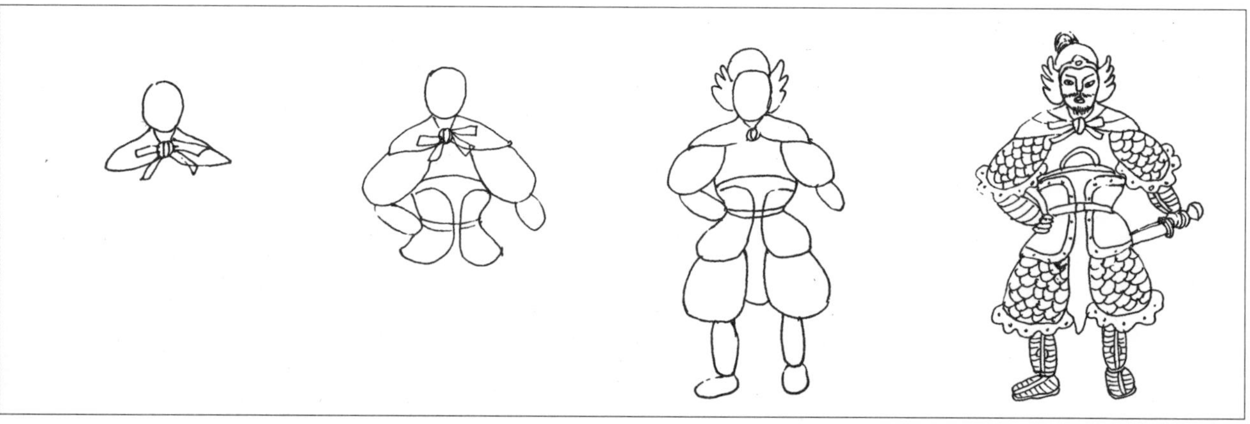

资料

学生作品

学生作品

提 示

1.武将的服饰比较复杂，要注意结构，盔甲是有规律变化的。

2.文官、百姓的服饰以长褂为主，只要掌握了古代人物服饰就好画了。

3.不同年龄的同学们作业要求是有区别的。如学生作品。

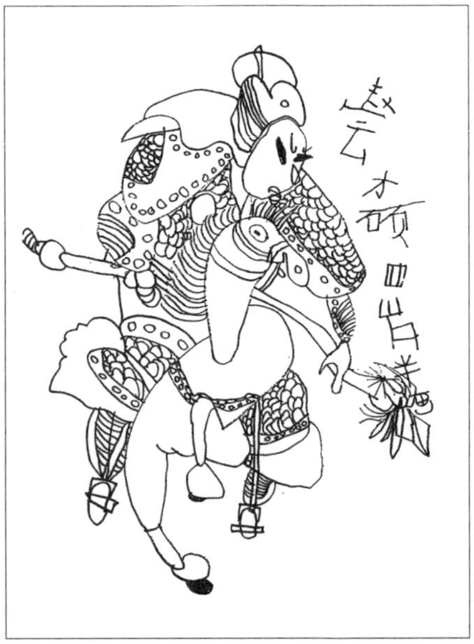

第二十七课　儿童线描画写生

写生画是根据眼前的具体对象作画。线描写生是儿童根据自己的观察、感受和理解，用线描的形式来表现被描绘的对象。

教学目的：1.培养观察能力、造型能力和表现能力。

2.学习线描写生画可以为以后的儿童美术创作打下一个坚实的基础。

教学方法：初学写生，可以画简单的内容，如画酒壶，先画壶盖，再画壶身，最后画壶上图案。画多种物体时，先画前面的，再画后面的。

作业要求：先画一画不同形状的杯子，再画复杂一点的静物。在写生时要尊重写生对象，但在图案和位置的安排上，可以做适当的调整。

步骤图

提　示

画写生画的过程是观察、感受、理解、反复探索表现对象的过程。通过写生训练，可以提高对形象的感受能力、对事物的观察能力，在写生中发现生活的美，并用画笔表达出自己内心的独特感受，使我们的表现能力得到创造性的发挥。

学生作品

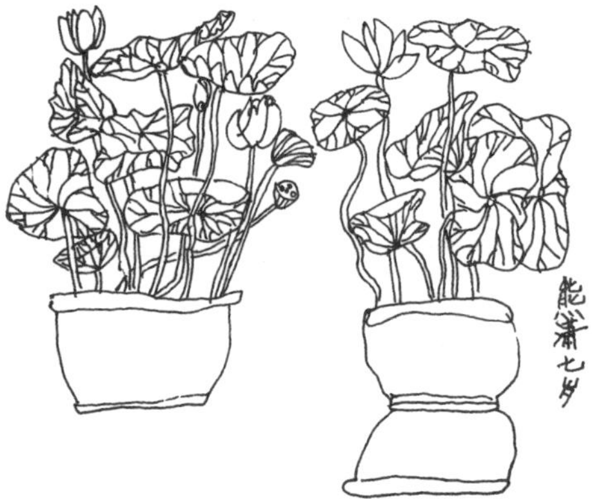

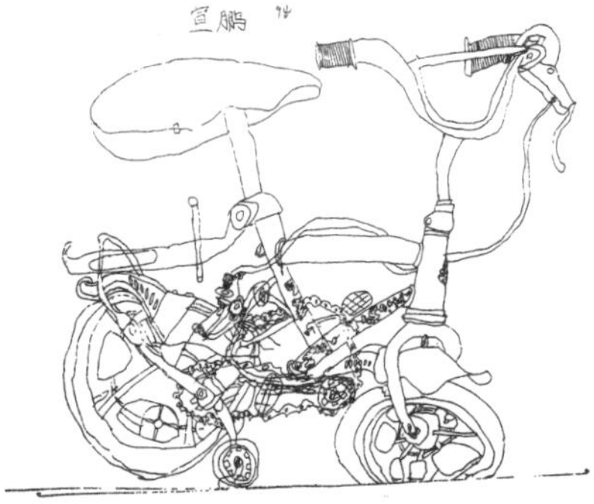

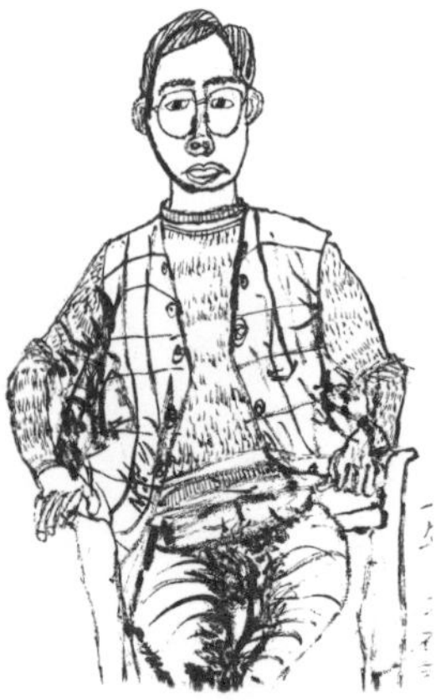

结束语

儿童美术教育是素质教育不可缺少的内容，儿童绘画是一种创造性活动，有其独特的表达方式，儿童画应该是儿童的纯朴稚拙和感情的真实写照，而我们实际的儿童美术教育和儿童的审美情趣还存在着一定的差异，一些家长和教师把自己的意识和表达方式灌输给孩子，并加以鼓励引导，从而产生了类似卡通画和成人画的模式、以绘画技巧代替内心感受的作品来。

如何从这种困境中走出来，去领会一些美术教育的本质意义？其实孩子们对绘画是最为敏感的，比成年人更能投入到感情的世界中去。毕加索再三地说："用儿童的眼睛去看世界。"我们应该向孩子们学习，在实践中不断探索，找到一种适合儿童生理、心理发展规律的美术教育。我在汇编这一套《美术教室•线描》时，不仅选用了一些自己的范画和资料，还编入了大量的儿童线描习作进行对比，并加以具体直观的说明和提示。我想，这样的编写方式与对比也许能成为一条线索，引导我们找到认识儿童绘画规律的途径，并从中受到启发，认识到儿童为什么会这样画，今后该引导孩子怎样画。

我也希望通过这本书，同儿童美术教育者和家长共同探讨，以一种新观念来全面认识儿童美术教育。

在本书中，通过一段时间的线描基础训练之后，我尝试着引导孩子画一画写生。写生需要我们描绘一些真实的物体，研究真实的结构、特征和质感。写生的学习也得有一段过程，书中写得比较简略，但它是儿童绘画走向专业美术的必由之路，能够提高儿童的观察力、表现力和造型能力，使我们的学习再上一个台阶，因此是不可忽视的。

色彩画也是我们必不可少的学习内容。色彩的搭配千变万化，对视觉的冲击力很强，学习它能提高我们的色彩认识和审美能力，五彩缤纷的颜色，让孩子们在绘画中得到无比的快乐。这些在我所编绘的《美术教室》系列丛书中有一些论述。

因为自己的经验有限，使这本书在匆忙的编写过程中不免产生一些疏漏和不足的地方，希望包括同仁、家长在内的广大读者给予批评指正，小朋友们如果有什么问题想和我探讨，请和我联系。我的地址是：沈阳儿童活动中心，邮编是110016，欢迎大家多多赐教。

才志舜

2008年于沈阳

作者简介

才志舜

1987 年毕业于鲁迅美术学院，中国民主促进会会员，现任沈阳儿童活动中心高级美术教师。18 年来辅导学生近万名，有许多学生在美国、法国、日本、荷兰、澳大利亚、埃及、新加坡及港澳台等国家和地区举办的国内外少儿画展中获金、银、铜奖。

著有《儿童线描画教程》《儿童学画》《中央电视台少儿美术讲座教材》《天才小画家》等系列教材，主编《师生画作品集》、主讲“童眼睛看世界”少儿美术 VCD 电视讲座，《世界和平书画展少儿书画作品集》特约编委。并撰写多篇论文在教育部和中国美协举办的“少儿美术教育工程”理论研讨会上发表并获奖。曾被中国教育学会评为“全国少年儿童校外教育名师”。获“国际书画艺术启蒙教育百家”称号、“少儿书画国际艺术联展教育金奖”，个人作品获国际交流大奖，被沈阳市政府授予“文艺新秀”称号，荣获市教委公开课特等奖。

工作之余，从事专业美术创作，多次参加国内外画展及博览会，有多幅作品被国内外各界人士和画廊收藏，其中作品《虎》被澳大利亚文化官员雷铎先生收藏。现为世界和平书画展国际艺委会委员、中国少儿造型艺术学会理事、中国美术家协会辽宁分会会员、沈阳市青年美术家协会理事、沈阳市“小画家协会”指导委员。